L'ÉTÉ EN TENTE DOUBLE

Du même auteur, dans la même collection,
à partir de 9 ans :

La fille qui rend fou

Le jour où j'ai raté le bus

La ville qui rend foot

Du même auteur, dans la même collection,
à partir de 11 ans :

Le jeu : La Traque

Le jeu : Game over

JEAN-LUC LUCIANI
Illustrations d'Antoine Guilloppé

L'ÉTÉ EN TENTE DOUBLE

RAGEOT

Cet ouvrage a été imprimé sur un papier
issu de forêts gérées durablement,
de sources contrôlées.

Couverture : Yannick Nory.

ISBN 978-2-7002-5764-9
ISSN 1951-5758

Loi n° 49-956 du 16-07-1949 sur les publications
destinées à la jeunesse.

« – C'est le mois d'août, dit Lilas.
– Merde ! sourit Fane, en coin. Et quel mois d'août. Ça, tu peux le dire ! »

Pierre Pelot, *L'été en pente douce*

Sous le soleil

Au fond de moi, je sais bien qu'il y a une lueur qui sommeille.

Une petite lumière qui ne demande qu'à se rallumer.

J'attends juste le bon moment…

En attendant, c'était l'été et il faisait chaud. Très chaud. Grand-mère Julia suait comme jamais devant ses fourneaux et je venais d'avoir dix ans.

Les trois autres femmes de ma vie étaient alignées face au soleil, sur des transats multicolores.

Tante Mona se prélassait sur celui de gauche et sa sœur jumelle, tante Lisa, occupait celui de droite. Ma mère s'étalait au centre.

Je les regardais bronzer, sans bouger depuis plus de dix minutes, planté comme un poteau électrique.

Tante Lisa a soulevé ses lunettes de soleil.

– Léo, tu veux bien m'apporter une citronnade fraîche ?

J'ai filé dans la cuisine.

À l'intérieur, grand-mère Julia préparait le repas du soir.

– Ça va, elle m'a demandé, tu ne t'ennuies pas trop ?

J'ai sorti la bouteille du frigo sans rien dire.

– Faudrait voir à t'occuper un peu, elle a ajouté.

Grand-mère m'a suivi dehors, elle a observé ses trois filles un moment en silence, puis elle a remué la tête de gauche à droite comme lorsque quelque chose la contrarie, le tout accompagné d'une grimace qui en disait long sur son énervement, et elle leur a lancé :

– Eh dites-moi, il n'y en a pas une de vous qui aurait une idée pour Léo ?

Tante Mona a ôté le magazine posé sur sa figure.

– Quel genre d'idée ?

La grimace sur le beau visage tout ridé de grand-mère s'est accentuée.

– Le genre d'idée qui fasse que cet enfant ne meure pas d'ennui ! On ne peut quand même pas le laisser comme ça tout l'été.

Maman ne semblait pas d'accord.

– Léo ne s'ennuie pas avec nous, elle a dit sans ouvrir les yeux. Hier, on est allés à la piscine et ce soir on a prévu de faire une balade en vélo…

Tante Lisa m'a tendu son verre en me fixant avec un sourire de star de cinéma et j'ai versé la citronnade en lui adressant mon sourire de garçon que ça ne gêne pas d'être traité comme un esclave.

Grand-mère s'est sentie obligée de faire une mise au point pédagogique.

– La place d'un enfant n'est pas avec les adultes, surtout durant les grandes vacances. Léo doit fréquenter des gamins de son âge. C'est essentiel si on veut qu'un jour il puisse…

En général, c'est le moment où grand-mère Julia s'arrête de parler et me regarde avec de la tristesse plein les yeux. Ensuite, elle s'éloigne pour que personne ne voie son chagrin. Même pas ses propres filles.

Ça n'a pas loupé ! Une fois de plus, elle a fait exactement comme je viens de l'expliquer.

Tante Mona m'a jeté un regard interrogateur, puis elle a demandé :

– Qu'est-ce qui t'arrive, t'es pas bien avec nous ?

Si elle espérait une réponse, elle pouvait toujours courir.

Maman m'a fait signe d'approcher et m'a pris dans ses bras.

– Ta grand-mère a raison, il faut qu'on trouve un truc pour t'occuper au mois d'août. Bientôt, on va retourner travailler et on sera moins disponibles.

Tante Lisa a bu son verre de citronnade d'un trait, elle a fait claquer sa langue, signe d'un rafraîchissement intense, puis elle a dit avec un sourire discret :

– Je crois que j'ai une idée…

Bon pour la colo

– Alors ? a demandé tante Mona quand sa sœur jumelle est apparue dans la cuisine.

Nous allions passer à table lorsque tante Lisa est revenue de sa visite à la mairie. Elle a repris son souffle avant de répondre, mais le beau sourire qu'elle affichait nous avait déjà renseignés.

– Ça marche ! Léo est inscrit dans le groupe des dix-douze ans. Départ lundi matin.

Maman a commencé à s'affoler.

– Lundi matin ! Mais ça va être trop juste pour les papiers...

Tante Lisa a rigolé :

– Quels papiers ?

– Je ne sais pas moi. La fiche de renseignements, les vaccins à jour, une attestation d'aptitude à la vie en collectivité, les justificatifs de revenus...

Tante Lisa a balayé les interrogations de maman d'un revers de la main.

– Ne t'inquiète pas pour ça, tout est déjà réglé.

D'après elle, l'élu à la jeunesse et aux sports ne pouvait rien lui refuser.

Surtout pas mon inscription dans une des colonies de vacances qu'organisait la ville.

Même au dernier moment.

Le mois d'août commençait dans trois jours.

– Tu dois seulement t'occuper de ses affaires, a ajouté tante Lisa. Tiens, j'ai la liste.

Elle lui a tendu une feuille.

– Trousse de toilette... Maillot de bain... Pyjama... Duvet?

– Ça, c'est pour le camping. Une randonnée de quatre jours est prévue durant le séjour.

Quand elle a eu fini de parcourir la liste, maman avait retrouvé le moral.

– Ça devrait aller.

– Ah, il faut aussi coudre une étiquette avec son nom et son prénom sur chacun de ses vêtements, a annoncé tante Lisa.

– Je prends en charge cette partie, a proposé grand-mère, ça m'occupera l'esprit.

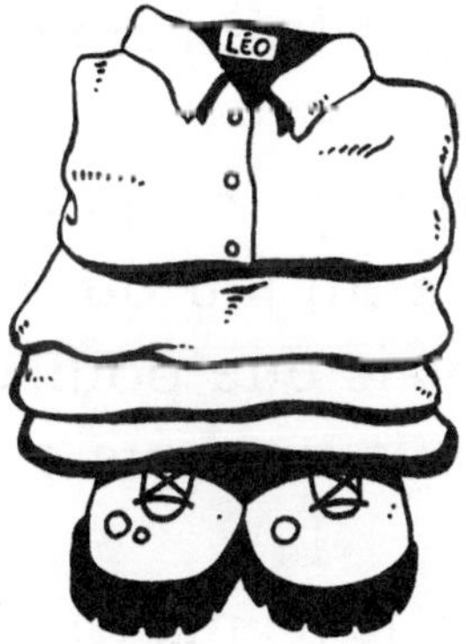

Tante Lisa a livré une dernière information avant d'aller se laver les mains et de nous rejoindre à table :

– Départ prévu lundi matin dix heures sur la grand-place, direction la Lozère.

Tante Mona s'est tournée vers moi.

– Ben alors tu ne dis rien, t'es content au moins ?

Qu'est-ce qu'elle espérait ? Que j'allais lui répondre ?

Six mois que je ne parlais plus. Et ce n'était pas un jeu ou une idée stupide que j'avais eue pour embêter ma famille. C'était quelque chose de plus complexe.

Un truc que je ne maîtrisais pas.

– Faudra penser à remercier ce monsieur de la mairie pour sa gentillesse, a proposé grand-mère. On pourrait lui offrir quelque chose...

Tante Mona a esquissé un sourire.

– En voilà une bonne idée, elle a dit en se tournant vers sa jumelle, qu'est-ce que tu penses d'un énorme bouquet de fleurs pour son épouse ?

Tante Lisa s'est crispée un court moment devant l'évier, puis voyant que ses deux sœurs commençaient à exploser, elle les a rejoints dans un immense fou rire collectif.

– Quoi ? a demandé grand-mère Julia très naïvement. Qu'est-ce qui se passe encore ?

– Rien, a expliqué maman, c'est juste Mona qui se moque de Lisa.

Grand-mère a beau être naïve, elle n'est pas bête. Elle sait depuis longtemps que tante Lisa a gagné son diplôme de « cœur d'artichaut spécialisation je tombe amoureuse des hommes mariés ».

Grand-mère a soupiré :

– Dans ce cas, une invitation au restaurant fera l'affaire.

Puis elle a ajouté en souriant :

– En tête à tête, cela va de soi !

À la dernière minute

À peine dix heures et il faisait déjà très chaud.

Dans la voiture, malgré la clim qui tournait à fond, des gouttes de sueur grosses comme des balles de ping-pong perlaient sur mon front. C'était grand-mère Julia qui conduisait, maman était assise à côté. J'étais coincé à l'arrière entre mes tantes jumelles. J'étais un peu inquiet.

– Tu vas voir, tu vas te régaler, m'a répété tante Lisa pour la dixième fois au moins, et te faire plein de copains.

– Des copines aussi, a ajouté tante Mona avec un sourire appuyé.

Maman a consulté sa montre et a conseillé à grand-mère d'accélérer.

– On est vraiment en retard !

Mais grand-mère Julia n'a rien changé à sa conduite.

– Pas question que je prenne des risques ! elle s'est exclamée d'une voix grave. Un malheur dans la famille, ça suffit comme ça !

Ensuite, un silence total a régné jusqu'à notre arrivée au point de rendez-vous.

Sur la place, le car était prêt à partir. Tout le monde était déjà à l'intérieur. Un animateur s'apprêtait à refermer la soute à bagages.

Grand-mère Julia s'est garée en catastrophe et maman est sortie de la voiture en hurlant :

– Attendez ! Il vous manque quelqu'un !

Dans la minute qui a suivi, mes quatre gardes du corps se sont alignés devant l'animateur. Le gars nous a dévisagés avec, au fond du regard, une incompréhension totale, puis il a jeté un œil sur sa liste où tous les noms étaient déjà cochés et il a demandé :

– Mais vous êtes qui au juste ?

Tante Mona s'est fendue d'un sourire.

– Nous sommes la dernière minute, monsieur Delattreau a dû vous prévenir.

Le visage de l'animateur s'est éclairé.

– La dernière minute ! Effectivement, je suis au courant.

Il m'a regardé du haut de son mètre quatre-vingt-dix et des poussières, j'avais l'impression de me tenir devant un gratte-ciel. J'hésitais entre le vertige ou le torticolis.

– Eh bien, il a dit d'une voix super amicale, on a failli partir sans toi mon garçon...

Il s'est penché vers moi et m'a tendu la main.

– Enchanté. Moi, je m'appelle Patrick. Et toi ?

J'ai serré sa main et puis c'est tout.

C'est tante Lisa qui a répondu à ma place.

– Léo ! Il s'appelle Léo.

Là, il y a eu un blanc, comme c'est toujours le cas, et Patrick a commencé à se poser mille questions dans sa tête perchée si haut.

Et pas le moindre début de réponse.

Pour l'aider à y voir plus clair, ma mère l'a entraîné à l'écart.

Je savais ce qu'elle s'apprêtait à lui dire. Le discours habituel. Que non je n'étais pas muet. Que j'avais arrêté de parler suite à un grave traumatisme, mais que ce n'était pas définitif.

Selon les docteurs, ça pouvait revenir d'un jour à l'autre.

Et que non, je n'étais pas débile.

J'avais juste arrêté de parler.

Si la personne en face avait encore des doutes, maman sortait alors son argument imparable.

– Quand on met la tête sous l'eau, on ne peut pas parler, OK ? Ce n'est pas pour autant que l'on devient idiot ! Eh bien c'est ce qui arrive à Léo, c'est comme s'il avait la tête sous l'eau et qu'il retenait son souffle.

– Je préfère vous prévenir, a plaisanté tante Lisa, ce gamin a des capacités respiratoires insoupçonnées !

Tante Mona était sur le point de renchérir mais le regard noir que lui a lancé grand-mère Julia l'en a dissuadée.

J'ai levé la tête et j'ai vu une armée de paires d'yeux qui me fixaient à travers les vitres du car.

« Pour une arrivée discrète, c'est réussi ! » j'ai pensé.

Dans les deux sens

Patrick a rangé ma valise dans la soute du car et m'a invité à monter.

– Allez, trouve-toi vite une place ! Départ dans trente secondes.

J'ai grimpé les marches et j'ai commencé à avancer dans l'allée, pas vraiment rassuré. J'ai pensé que l'idée de tante Lisa n'était peut-être pas aussi bonne que ça.

Soudain, une petite rouquine s'est levée et m'a fait signe de venir la rejoindre.

Je n'ai pas hésité une seconde, j'ai foncé et je me suis assis à côté d'elle.

– Salut, elle m'a dit, je m'appelle Ève.

Le chauffeur a fait grincer une vitesse et j'ai lancé un dernier regard vers les quatre folles qui hurlaient en gesticulant sur le trottoir :

– Amusetoibiensoissageécrisnousvite-tuvasnousmanquer !

Ensuite le car s'est éloigné et je me suis retrouvé seul.

Avec la rouquine.

Elle a sorti un paquet de son sac, me l'a tendu et m'a demandé, l'air très sérieux :

– Tu veux un bonbon ?

Je me suis servi sans rien dire, mais ça n'a pas semblé la déranger.

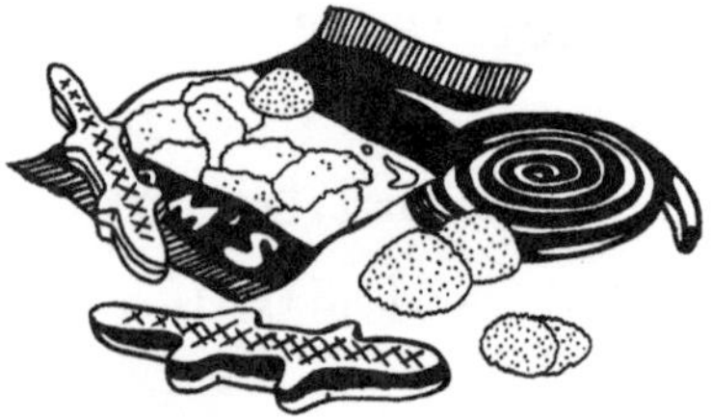

Elle a réfléchi un moment avant de balancer :

– C'est drôle, le mot « bonbon » est un palindrome syllabique.

Une hésitation, puis :

– Tu sais ce qu'est un palindrome au moins ?

J'ai remué la tête de gauche à droite.

La seconde d'après, j'avais l'explication.

– C'est un mot ou un nombre ou une phrase qui peut se lire dans les deux sens. Comme « radar » par exemple. Si tu le lis en partant de la fin, ça donne aussi « radar ». Tu comprends ?

Cette fois, j'ai remué la tête de haut en bas.

Elle a poursuivi sur sa lancée :

– Ma vie ressemble à un palindrome. Je suis née à Laval un 20 février, autrement dit le 20-02. J'ai 11 ans et comme tu le sais déjà, je m'appelle Ève ! Chez moi, tout peut se lire dans les deux sens.

J'ai failli lui demander si son sport favori était le kayak, mais comme d'habitude rien n'est sorti.

Tout est resté à l'intérieur.

Bloqué au fond de moi.

– Ça m'est égal si tu ne parles pas, a déclaré ma voisine. Du moment que tu m'écoutes…

Un vrai moulin à paroles, voilà sur quoi j'étais tombé.

J'ai pensé qu'on devait faire une drôle d'équipe et que les autres enfants allaient nous prendre pour des cinglés, mais ça m'allait bien que quelqu'un remplisse le silence à ma place.

La vie d'Ève

Quatre heures et trois paquets de bonbons plus loin, le car s'est rangé le long d'un grand bâtiment en pierre.

– Voilà, a conclu Ève, maintenant tu connais toute ma vie.

J'hallucinais.

À l'exception de quelques courtes pauses (trop de bonbons à la fois dans la bouche, un jeu de devinettes lancé par Cathy, une des monitrices), Ève avait réussi à aborder durant le trajet des domaines aussi variés que :

- sa famille proche, son père trop absorbé par son travail, sa mère adepte des achats compulsifs ;
- le cercle de famille, cousins, cousines, tantes, oncles, neveux, nièces, animaux de compagnie ;
- ses copines (pas beaucoup) ;
- ses copains (encore moins) ;
- les profs qu'elle appréciait (vraiment très peu) ;
- ceux qu'elle détestait (plein) ;
- ses activités extrascolaires (nombreuses) ;
- ses chanteurs, chanteuses, acteurs, actrices, écrivains favoris (je ne me souvenais d'aucun) ;
- ses plats préférés (les pâtes à la carbonara en début de liste) ;
- ses projets pour l'avenir (elle ne doutait de rien).

Ève était vraiment une fille incroyable ! Le genre de fille qui peut vous parler 240 minutes d'affilée sans même connaître votre prénom.

Le chauffeur a coupé le moteur, ouvert les portes du car et les sièges se sont vidés à une allure record.

Si bien que quand Patrick s'est lancé à la recherche de bras disponibles, il ne restait plus que nous deux à l'intérieur. Ève finissait de m'expliquer un détail essentiel pour que je comprenne bien le type de relation qu'elle essayait d'établir avec son hamster Malayalam (encore un palindrome).

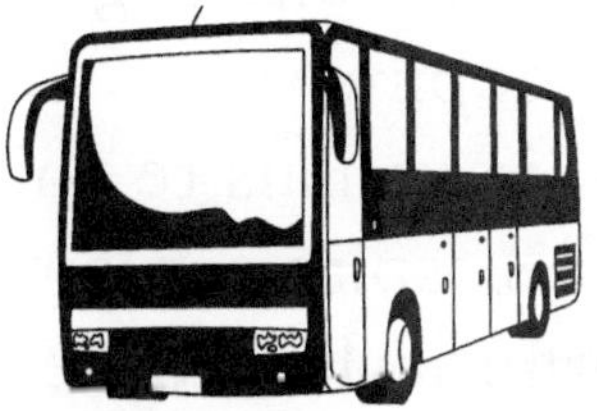

Le moniteur m'a fait signe.

– Léo, viens me donner un coup de main pour sortir les valises et les sacs de la soute à bagages, s'il te plaît.

– Eh bien voilà, elle m'a soufflé à l'oreille, je le connais ton prénom maintenant !

J'ai souri et j'ai rejoint Patrick en jetant un coup d'œil à Ève qui filait vers la colonie.

– Drôle de fille, hein ? a rigolé Patrick.

J'ai approuvé d'un mouvement de tête et je me suis glissé dans la soute pour récupérer un sac coincé.

– Laisse ça, a dit Patrick. Je vais me débrouiller tout seul.

Je suis ressorti de la soute à reculons et je l'ai fixé d'un air interrogateur.

Patrick a soupiré.

– En fait, je voulais te voir seul avant que tu ne sois aspiré par la meute.

Il a désigné la horde de gamins qui s'agitait dans le bâtiment.

– Si tu persistes à ne pas parler, ça va devenir difficile pour toi…

J'étais d'accord avec lui, mais il était trop tard pour faire machine arrière.

– En général, les enfants n'aiment pas trop ceux qui ne sont pas comme eux…

J'avais l'impression que c'était la même chose pour les adultes, mais peut-être que je me trompais. Peut-être que les grandes personnes étaient plus tolérantes.

Patrick a récupéré son sac à dos, il a fouillé un moment à l'intérieur et en a sorti un carnet ainsi qu'un stylo qu'il m'a tendus.

– Tiens, c'est pour toi. Si jamais tu as besoin de parler à quelqu'un, tu pourras toujours l'écrire.

J'ai senti tout mon corps se mettre à vibrer. J'ai pris le carnet d'une main timide et je me suis dirigé vers le réfectoire.

Après quelques mètres, j'ai fait demi-tour. Je me suis planté devant Patrick et j'ai griffonné un truc sur la première page du carnet. Un truc tout simple.

Un mot :

Léo tout court

J'ai rangé le carnet et le stylo au fond de ma poche puis j'ai couru rejoindre les autres dans la salle d'accueil. Je me suis installé le plus discrètement possible dans le fond de la pièce.

Une femme vêtue d'une robe de toutes les couleurs, avec des lunettes rondes et vertes et un chapeau de paille vissé sur la tête, était montée sur une petite estrade et expliquait les consignes de vie. Ce devait être la responsable du centre. Elle en était au chapitre « De la nécessaire utilité d'entretenir une certaine propreté dans les dortoirs ».

Autour de moi, les enfants semblaient fascinés par son discours, mais à y regarder de plus près ils somnolaient les yeux ouverts. Un peu comme les gens à la messe du dimanche. Grand-mère Julia m'y emmène depuis que j'ai arrêté de parler. Elle croit encore aux miracles malgré son âge avancé.

Moi je sais bien que le jour où je recommencerai à parler, cela n'aura aucun rapport avec Dieu.

Dès qu'elle m'a vu, Ève s'est approchée et m'a chuchoté à l'oreille :

– Dis-moi, Léo c'est le diminutif de Léopold ?

Je n'ai rien répondu. Pas bougé un cil.

Elle a insisté :

– Léonard ?

Je suis resté figé. Une vraie statue de cire.

– Léonid ?

Là, j'ai quand même grimacé.

Et pourquoi pas Léophilde tant qu'elle y était ? Est-ce que je lui demandais, moi, si Ève était le diminutif d'Évelyne, d'Èverine ou bien encore d'Èvelyse ?

Soudain, la voix de la responsable du centre est montée d'un ton.

– La demoiselle du fond s'il te plaît !

Ève a pointé son index vers son menton.

– Moi ?

– Oui, toi ! Je ne te dérange pas trop, j'espère ?

Tous les regards se sont tournés vers nous.

– Non, ça va merci, a répondu Ève d'un air tranquille.

La responsable du centre devait avoir subi un stage intensif avec les moines Shaolin parce qu'elle a gardé son sang-froid. J'ai noté malgré tout un mouvement involontaire de sa paupière droite, et elle a demandé d'une voix charmante :

– Quel est ton prénom déjà ?

– Ève, a répondu Ève.

La responsable a jeté un coup d'œil à la liste posée devant elle.

– Ève Sabas ?

– C'est ça, a dit Ève.

Sur le coup j'ai eu du mal à le croire. Son nom de famille était aussi un palindrome !

La responsable du centre a remonté lentement ses lunettes vertes et rondes le long de son nez et a déclaré :

– Eh bien mademoiselle Sabas, j'aimerais avoir une petite discussion avec toi après cette réunion.

Ève a approuvé d'un hochement de tête et la responsable a enchaîné sur le chapitre « De la nécessaire utilité de ne pas encombrer les issues de secours ».

– Surtout en cas d'incendie ! elle a précisé d'une voix forte.

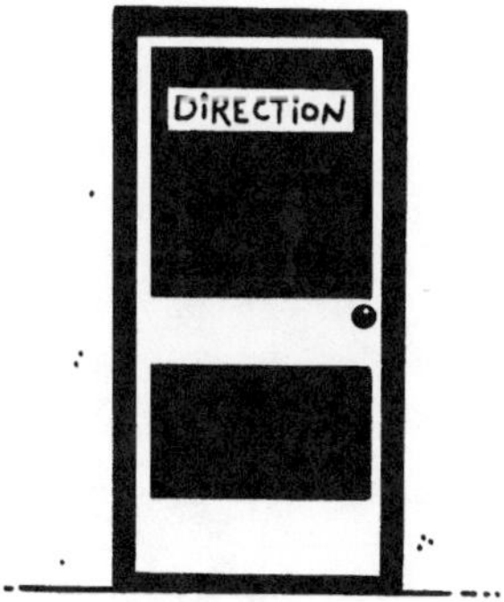

Aussitôt les regards nous ont oubliés pour se reconcentrer sur la femme étrange perchée sur la petite estrade.

Ève s'est penchée vers moi et a murmuré :

– C'est Léo tout court alors ?

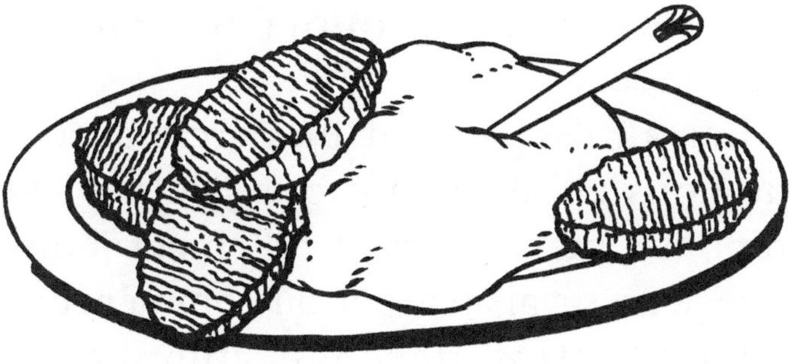

La tête sous l'eau

Pendant qu'on s'installait dans les dortoirs, un garçon est venu me taper dans le dos.

– Et toi, comment tu t'appelles ? il a demandé.

J'ai sorti le carnet de ma poche et j'ai écrit mon prénom.

– Léo, a dit le garçon. C'est comme ça que tu t'appelles ?

Aucun son n'est sorti de ma bouche, j'ai juste remué la tête de haut en bas. Les autres garçons se sont approchés de nous.

– T'es muet ou quoi ? il a encore demandé.

Les autres ont fait un cercle autour de nous en attendant que j'écrive une réponse, mais il y avait tellement à dire que je ne savais pas par où commencer.

La situation devenait compliquée quand Patrick, le moniteur, est arrivé. Il a rassemblé le groupe autour de lui et il leur a expliqué pour moi et mon problème. Ce que j'ai bien aimé, c'est qu'il a employé les mêmes mots et les mêmes images que ma mère. L'histoire de la tête sous l'eau, ça marche à tous les coups. Les gens comprennent plus vite avec cette formule, je ne sais toujours pas pourquoi.

– Ça doit avoir un rapport avec la hantise de mourir noyé, affirme grand-mère Julia.

Hantise ou pas, une fois de plus l'explication a porté ses fruits.

Lorsque Patrick est reparti, le garçon est revenu vers moi et a posé sa main sur mon épaule.

– Si jamais tu as besoin de quelque chose, tu n'as qu'à l'écrire sur ton carnet et on verra ce qu'on peut faire. Moi, je m'appelle Damien.

J'ai montré la première page du carnet. Celle où j'avais écrit « merci ».

– Allez les gars, a dit un petit gros que Damien avait déjà surnommé Bouboule, maintenant dépêchez-vous de faire votre lit, on bouffe dans dix minutes !

Les autres ont éclaté de rire et j'ai pensé que finalement l'idée de tante Lisa n'était peut-être pas si mauvaise que ça.

J'ai retrouvé Ève au réfectoire. Elle m'avait gardé une place à côté d'elle. Du coup, j'étais le seul garçon à manger à la table des filles. Moi, ça ne me dérangeait pas, j'ai l'habitude à la maison.

– Ça va pour cette fois, a fait remarquer la responsable du centre, mais dès demain il faudra faire un effort pour vous mélanger un peu plus.

Ève a ricané à voix basse :

– De la nécessaire utilité de mixer garçons et filles au moment des repas.

Le cuisinier, un petit bonhomme au crâne dégarni dont le ventre débordait d'une tenue trop étroite pour lui, a déposé un grand plat de purée et des steaks hachés au centre de notre table et les filles se sont jetées dessus comme des fourmis sur un pot de confitures, la vitesse en plus.

– Merci monsieur, a dit Ève.

– Tu peux m'appeler Étienne, a répondu le cuistot avant de s'en aller servir les autres tables.

Ève a continué à me parler sans se soucier de ce qui resterait dans le plat quand arriverait son tour. Cette fois j'en étais certain, cette fille débarquait bien d'une autre planète.

Loin, très loin de notre galaxie.

Elle me racontait en détail son entretien avec la responsable du centre et cela semblait beaucoup plus important à ses yeux que tout le reste.

J'ai pensé qu'il faudrait bien qu'elle s'arrête de parler pour manger un peu et cette éventualité m'a rassuré.

Tandis que je la regardais mastiquer son morceau de viande tout en m'expliquant pourquoi, selon elle, la responsable était une ringarde totale, je me suis demandé si Ève parlait pendant son sommeil et j'ai eu soudain un immense élan de compassion pour les filles qui partageaient son dortoir.

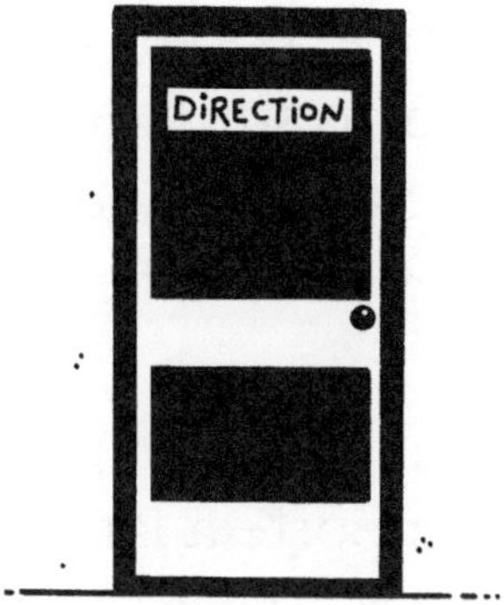

Dans le bureau de la directrice

Ève n'a pas été l'unique gagnante du grand concours « De la nécessaire utilité de clarifier la situation en début de séjour ».

J'ai eu moi aussi droit à mon entretien avec la responsable du centre.

Le soir, après la veillée, Patrick m'a retenu par la manche.

– Viens avec moi, il a dit, exceptionnellement tu iras te coucher un peu plus tard que les autres.

Je l'ai suivi à travers le bâtiment jusqu'à une porte sur laquelle était écrit « Direction », sans plus de précision.

Nord ? Sud ? Est ? Ouest ? Comment savoir ?

Patrick a frappé un coup discret et une voix derrière la porte a lancé :

– Entrez, c'est ouvert !

On a fait comme la voix disait. On est entrés.

Derrière un bureau se tenait la responsable du centre. Les lunettes vertes étaient toujours posées sur le bout de son nez, mais le chapeau de paille avait disparu du sommet de son crâne.

Un énorme ventilateur tournait au-dessus de sa tête.

– Ah Léo, elle a soupiré, tu tombes bien. J'étais justement en train de préparer ta fiche.

Elle a désigné un vieux fauteuil qui traînait dans un coin de la pièce.

– Installe-toi confortablement, j'ai besoin que tu me donnes quelques renseignements.

Je me suis assis sur le fauteuil éventré en prenant soin d'éviter le ressort qui en dépassait et j'ai attendu.

Patrick, lui, est resté debout.

– Comme tu as été inscrit au dernier moment, a poursuivi la responsable, il me manque certains détails te concernant.

« Aïe » j'ai pensé. Patrick m'a rassuré d'un clin d'œil amical.

– Tout d'abord, je dois connaître ta date et ton lieu de naissance.

J'ai sorti le carnet de ma poche et j'ai écrit les six chiffres et le nom de la ville. J'ai tendu le carnet sans dire un mot mais la responsable du centre n'a pas paru surprise.

– Patrick m'a raconté pour ton problème, elle a murmuré en se penchant vers moi, si tu veux m'en parler sache que mon bureau te sera toujours ouvert.

C'était une maligne la responsable, six mois déjà qu'une psychologue réputée s'échinait sur mon cas sans le moindre résultat et elle croyait que j'allais entrer dans son bureau lui déballer tout ce que j'avais sur le cœur rien que parce qu'elle avait laissé sa porte ouverte.

J'ai griffonné « OK » sur le carnet.

Ça a eu l'air de la satisfaire.

Ensuite, elle a continué à me demander des tas de renseignements qui ne me semblaient pas d'une importance primordiale pour mon bien-être immédiat au sein de la colonie.

Il y avait deux catégories de questions.

Celles du style : As-tu des insomnies ? Des allergies ? Tes vaccins sont-ils à jour ? Est-ce que tu sais nager ? Il me suffisait de montrer la page OUI ou la page NON de mon carnet pour satisfaire la curiosité de la responsable.

Et une deuxième catégorie qui comportait des questions complexes, genre : Quels sont tes sports préférés ? Là, j'étais bien obligé d'écrire des réponses plus longues.

Quand j'ai compris qu'on risquait d'y passer la nuit, je me suis mis à bâiller toutes les trente secondes et j'ai arrêté de faire des efforts pour lui répondre vite et bien.

Patrick lui aussi donnait des signes de fatigue. Il chancelait comme un gratte-ciel pris dans un tremblement de terre et menaçait de s'écrouler à tout instant au beau milieu de la pièce.

La responsable du centre a dû craindre pour sa vie car elle a soudain déclaré :

– Hum, je vois que la fatigue du voyage commence à se faire sentir. On va donc en rester là pour le moment.

Elle a quitté son bureau pour nous raccompagner. Avant de refermer la porte, elle a susurré :

– On aura certainement l'occasion de reparler ensemble.

Patrick m'a reconduit au dortoir où l'on est tombés en pleine bataille de polochons.

– Du calme ! a ordonné le moniteur.

Bouboule a suspendu son geste et le traversin ne s'est pas abattu sur la tête de Damien qui gisait à ses pieds.

Patrick a aidé Damien à se redresser.

– Allez, tout le monde au lit maintenant !

J'étais si fatigué que je ne me sentais plus la force d'écrire « Bonne nuit » sur mon carnet.

– À demain les enfants, a lancé Patrick avant d'éteindre la lumière.

Je ne me rappelle plus avoir fermé les yeux, je devais déjà dormir.

La tournée du facteur

Les jours suivants ont été à l'image de cette première journée. Ève me collait avec la même attirance qu'une mouche pour un pot de miel, la ténacité en plus, s'inscrivant à tous les ateliers où mon nom apparaissait. Elle me parlait de choses et d'autres sans se préoccuper de savoir si cela avait un intérêt quelconque pour moi.

Du coup, j'avais appris à développer un sourire figé qui laissait supposer que je lui consacrais une écoute maximum.

En fait, mon écoute était inégale et parfois inexistante. Surtout en fin de journée. Question de survie.

– Léo est en mode boules Quies, disait Patrick avec un regard bienveillant.

Mais je ne me considérais pas comme une victime, au contraire. Si j'acceptais ce flot de paroles ininterrompues sans tenter d'y échapper, c'est que j'avais très vite compris l'intérêt que je pouvais en tirer. Tous les gamins de la colo sans exception, garçons et filles pour une fois mélangés, fuyaient Ève comme la peste. Et du coup, ils me fichaient une paix royale.

Ses mots glissaient sur moi et formaient une bulle qui me protégeait de la curiosité des autres.

Ce jour-là, nous étions en atelier fabrication de masques africains et je galérais comme un malade pour coller des écorces de bois. Mon assemblage était loin de ressembler aux majestueux masques du peuple peul qui nous servaient de modèles.

De grosses gouttes de sueur coulaient sur mon front, mes yeux, mon nez, ma bouche, mon menton, bref recouvraient mon visage entier, mais Ève ne semblait pas le remarquer. Elle était en train de me raconter que sa voisine de dortoir, une jolie blonde prénommée Faustine, ronflait pire qu'une machine à vapeur.

– Tu imagines si Damien apprend ça !

Selon Ève, Damien était tombé raide dingue amoureux de Faustine. Et toujours d'après Ève, ses sentiments ne résisteraient pas à cette effarante découverte, qu'il convenait donc de classer secret-défense niveau confidentiel.

La responsable du centre est passée près de nous, elle a jeté un œil à mon masque et a lancé :

– Léo, fais un effort ! Nous ne sommes pas à l'atelier « monstres en tous genres » !

Ève l'a laissée s'éloigner et puis a déclaré :

– De la nécessaire utilité de se conformer au modèle proposé.

Cathy, qui dirigeait l'atelier, a pouffé de rire et j'ai préféré arrêter le massacre. Il y a des limites que je me refuse à dépasser, en particulier lorsque mon honneur est en jeu.

Patrick est arrivé avec sa boîte aux lettres portative, le sourire aux lèvres. La veille, Ève m'avait fait remarquer qu'il semblait toujours gai quand Cathy était dans les parages.

– Tu as du courrier Léo, il a lancé en me tendant une enveloppe.

Il a jeté un coup d'œil à ma tentative de masque tandis que je récupérais la lettre.

– Arggh ! C'est quoi cette horreur ?

– C'est un masque repoussoir du Pays dogon, a menti Ève. Il sert à chasser les mauvais esprits.

– Ah bon ? s'est étonné Patrick en s'éloignant. J'ignorais ça.

Il a agité la main pour nous dire au revoir et a ajouté :

– Désolé Ève, il n'y a rien pour toi aujourd'hui !

Elle ne semblait pas déçue. Ni surprise. Elle s'est tournée vers moi.

– Trois ans que je vais en colo au mois d'août et je n'ai jamais reçu la moindre lettre. Si mes parents se débarrassent de moi l'été, ce n'est pas pour m'écrire !

Je me suis mis à l'écart et j'ai ouvert l'enveloppe.

Comme je m'y attendais, les quatre femmes de ma vie m'avaient toutes écrit un petit mot. Ça commençait par maman : « Est-ce que tu vas bien ? », suivie par grand-mère : « Est-ce que tu manges bien ? » et pour finir mes deux tantes. Tante Lisa : « Est-ce que tu t'amuses bien ? » et tante Mona : « Est-ce que tu t'es fait une copine ? ».

J'ai esquissé un sourire. Dans un certain sens, le vœu de tante Mona avait été exaucé. Je m'étais fait une copine, une drôle de copine même.

J'ai relu la lettre une nouvelle fois avant de la ranger dans ma poche et de revenir vers le groupe.

– Alors, a demandé Ève, ça fait quoi de recevoir du courrier ?

J'ai pris mon carnet et j'ai griffonné un « C'est cool » tout simple.

Ève a grimacé.

– J'imagine… Ça doit être trop cool !

Ensuite, elle a fait mine de se concentrer sur son masque mais ses mains tremblaient légèrement et une larme a perlé au coin de son œil gauche.

Elle est restée au moins cinq minutes sans parler.

Volontaires pour la rando

La canicule s'était installée depuis deux jours sur la région et la colonie fonctionnait au ralenti.

La responsable et Patrick ont débarqué sous la tente-marabout où nous étions regroupés pour jouer à l'ombre.

Ève tentait de m'initier aux échecs tout en m'exposant les nombreux avantages de la sudation, en particulier ceux liés à la perte d'une masse graisseuse excédentaire, mais quand elle a aperçu la figure décomposée par la chaleur de la responsable, elle a stoppé net ses explications.

– Bon les enfants, a dit cette dernière en s'épongeant le front, vous vous rappelez que demain nous devions partir en randonnée de quatre jours...

Une vingtaine de têtes a oscillé en mesure.

– De la nécessaire utilité de se conformer au programme établi, a murmuré Ève.

La responsable du centre a désigné le thermomètre accroché à l'entrée du marabout.

– Compte tenu des bulletins météo qui ne prévoient aucune baisse du mercure pour les jours à venir, j'ai décidé d'annuler la randonnée.

Ève s'est penchée sur mon épaule et a chuchoté :

– Sauf en cas de force majeure.

L'index de la responsable du centre s'est ensuite déplacé du thermomètre vers l'animateur.

– Or Patrick ici présent m'a fait remarquer à juste titre que certains d'entre vous risquaient d'être déçus par cette décision. Il se propose donc d'encadrer la randonnée s'il y a malgré tout des volontaires…

Un silence.

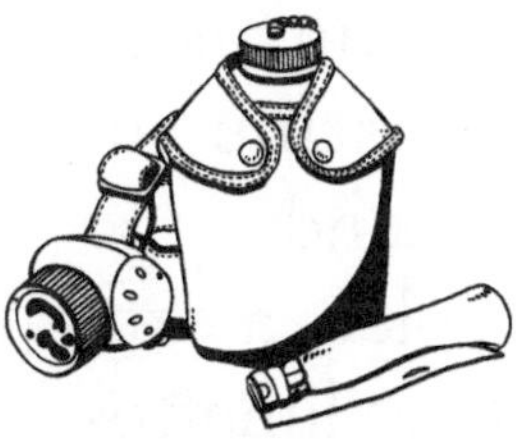

– Le trajet a été réduit et le dernier jour nous longerons un cours d'eau, a précisé Patrick.

Re-silence. Définitif cette fois.

On entendait voler les mouches. Du moins celles qui avaient survécu à la canicule.

Visiblement, l'annulation de la randonnée satisfaisait tout le monde.

Soudain, Damien a levé sa main.

– Moi, je suis partant !

J'étais en train de me demander si la chaleur ne lui était pas montée au cerveau.

Quand j'ai vu Faustine lever la main à son tour, j'ai compris que mon copain était en parfaite santé.

Sauf que les autres n'ont pas suivi. Damien et Faustine sont restés seuls avec leur doigt tendu.

– Je suis désolée, a expliqué la responsable en ôtant ses lunettes vertes pour les essuyer et s'éponger le front, mais nous avions fixé le nombre de volontaires à quatre minimum. Je ne peux pas priver la colonie d'un animateur pour deux enfants seulement.

À ce moment-là, mon regard a croisé celui de Damien. Dans ses yeux, j'ai lu toute sa déception. L'occasion unique de passer quatre jours avec Faustine partait en fumée.

Ses pupilles lançaient des S.O.S.

J'ai pensé que partir en rando avec elle n'était peut-être pas une si bonne idée, vu qu'il risquait de découvrir que l'amour de sa vie ronflait, mais je lui devais bien ça.

Je savais qu'Ève allait se coller à moi comme une tique, l'intelligence en plus, et que cela permettrait d'atteindre le nombre minimum demandé. J'ai levé le doigt. Dans la seconde qui a suivi, Ève levait le sien.

– Eh bien c'est parfait, s'est exclamée la responsable du centre en essorant son chapeau de paille, on a notre groupe de volontaires.

– On partira à quelle heure ? a demandé Ève à Patrick, histoire de parler.

– Si on veut profiter de la fraîcheur, un départ vers six heures serait l'idéal.

– Du matin ? a bafouillé Ève.

Mais Patrick ne lui a pas laissé le temps de revenir sur sa décision. Il a tapé dans ses mains en s'exclamant :

– Allez hop, tout le monde en maillot ! Je vous emmène à la piscine municipale.

En avant !

Le lendemain matin, quand Patrick nous a rassemblés au centre de la colonie encore endormie, j'ai senti les yeux d'Ève m'envoyer tout l'armement dont ils disposaient en stock.

Balles traçantes, grenades à fragmentation, roquettes thermo-guidées, bombe à fission nucléaire...

Mais je ne me sentais pas coupable pour autant. Je ne l'avais pas forcée à me suivre. Elle venait juste de se rendre compte que je lui étais devenu indispensable et ça la mettait en rage.

J'ai déployé mon bouclier antimissiles en attendant qu'elle se calme.

Et j'ai ricané dans ma tête : « Hé, hé, Léo maître du monde ! »

Soudain, Patrick a mis fin à la guerre invisible qui se déroulait à quelques centimètres de lui.

– Vous n'avez rien oublié ? il a demandé à voix basse.

Comment le savoir ? Personne n'a répondu.

Il a sorti une liste de sa poche.

– Gourde, lampe frontale, chapeau et lunettes de soleil, crème solaire...

À chaque mot nouveau, nous approuvions à l'unisson. Un peu comme des moutons, mais sans les bêlements.

Puis Patrick a déplié une carte et nous a fait signe d'approcher.

– Nous allons d'abord marcher jusqu'à Concoules...

On l'a regardé avec des yeux de merlan frit.

– Concoules, il a expliqué, c'est le nom d'un village qui se trouve à sept kilomètres environ de la colonie.

J'ai senti Ève chanceler.

– De là, a continué Patrick, nous prendrons un chemin de grande randonnée qui nous mènera au sommet du mont Lozère.

– Les petits chiffres, a demandé naïvement Faustine, ça correspond à quoi ?

– C'est l'altitude par rapport au niveau de la mer.

Damien a constaté avec effroi que le nombre 630 était inscrit à côté de Concoules et que le sommet se situait à 1600 mètres.

– Mais alors, ça veut dire que…

Il n'a pas eu la force de terminer sa phrase. Patrick l'a fait pour lui.

– Que nous allons grimper toute la journée, c'est exact. Si tout se passe comme prévu, nous atteindrons le plateau où nous planterons nos tentes vers dix-huit heures.

Ève a marmonné :

– On va tous y laisser notre peau !

Sur le coup, j'ai eu une furieuse envie de foncer vers le dortoir, de me recoucher et d'effacer pour toujours de ma mémoire le cauchemar pour lequel je m'étais porté volontaire.

Damien a dû sentir ma volonté faiblir parce qu'il a posé sa main sur mon épaule.

– Je n'oublierai jamais ce que tu fais pour moi, il m'a soufflé à l'oreille.

Moi non plus, c'est sûr, je n'étais pas près d'oublier.

Patrick a replié la carte et s'est mis en route.

– Allez, en avant ! il a dit d'un ton enthousiaste.

Damien s'est calé dans ses pas, suivi de près par Faustine.

– Ève, a lancé Patrick sans se retourner, c'est toi qui fermes la marche !

« Aïe » ! j'ai pensé.

Ève qui marchait derrière moi, c'était un peu comme me promener avec une bombe à retardement suspendue dans le dos.

En tentes doubles

Ève a eu assez d'énergie pour me parler jusqu'au village de Concoules, mais quand on a entamé l'ascension du mont Lozère sa conversation s'est vite résumée à quelques sentences amèrement distillées.

– Qu'est-ce que je fais là ?

– Je vais au moins perdre dix kilos !

– Je comprends mieux la définition du mot « fournaise ».

Vers dix-huit heures, lorsqu'on a enfin atteint le plateau où nous devions passer la nuit, on ressemblait tous à des serpillières.

Patrick s'est laissé tomber sur l'herbe du haut de son mètre quatre-vingt-dix et des poussières. Tout là-haut, près du soleil, le pauvre devait souffrir encore plus que nous.

– Bon, il a lâché en essorant son tee-shirt, on se pose un moment.

On a fait comme il a dit. On s'est tous écroulés les uns à la suite des autres sans vraiment savoir si nous aurions la force de nous relever.

Faustine a ôté ses chaussures de marche, puis elle a fait glisser ses chaussettes en grimaçant de douleur. C'est à ce moment qu'elles sont apparues.

– Incroyable ! s'est exclamée Ève. Je n'en avais jamais vu autant à la fois, c'est une véritable plantation.

Patrick a sorti une trousse de secours de son sac à dos.

– Je vais les percer et les désinfecter. Ça devrait te soulager.

– Au moins on n'aura pas de problème pour s'éclairer cette nuit, a poursuivi Ève en pouffant.

Damien n'a pas réagi, trop occupé à détailler les pieds abîmés de son amoureuse.

Moi j'ai esquissé un sourire. Si je commençais à m'habituer à l'humour de mon amie, Faustine n'était pas prête à s'habituer à ses ampoules.

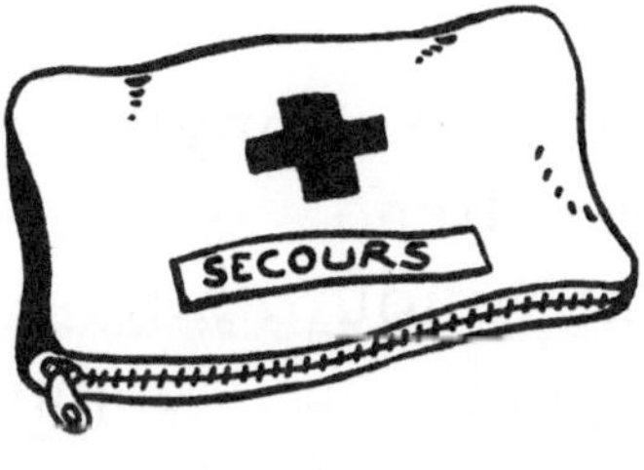

Un peu plus tard, Patrick a préparé le repas tandis que nous organisions notre campement pour la nuit.

Les filles avaient planté leur tente près d'un arbre qui, selon Ève, les protégerait du soleil le lendemain matin.

Damien et moi avons donc choisi d'installer la nôtre à côté de la leur, des fois qu'Ève ait raison.

Patrick, lui, préférait « dormir sous la protection des astres ».

Après le repas, Faustine épuisée est allée se coucher.

On est restés encore un moment dehors à profiter de la relative fraîcheur et à contempler les étoiles avec Patrick, puis il nous a encouragés à regagner nos tentes.

– Demain, une longue journée de marche nous attend.

– Comme aujourd'hui ? a demandé Damien inquiet pour sa copine.

Patrick a grimacé :

– Plus encore…

Damien s'est glissé sous la tente, l'air complètement découragé. Ève m'a donné un coup de coude discret.

– C'est maintenant que ça va être drôle.

Et puis elle a rejoint sa tente et moi la mienne.

On n'a pas attendu longtemps. Au bout de quelques minutes, des grognements mystérieux ont percé le silence.

– C'est quoi ce bruit ? s'est affolé Damien.

Je l'ai laissé trouver la réponse.

– Un sanglier sans doute, il a d'abord imaginé.

Mais les ronflements bruyants allaient crescendo.

– À moins que ce ne soit un ours…

Il s'est redressé d'un bond.

– Je vais avertir Patrick, ça peut être dangereux.

À ce moment, notre tente s'est ouverte et Ève a fait son apparition.

– Du calme, c'est juste Faustine qui ronfle !

Damien s'est figé comme un nain de jardin, l'étonnement en plus. Après les ampoules aux pieds, voilà que l'image idyllique de son amour était de nouveau mise à mal.

Ève s'est glissée entre nous.

– En tout cas, elle a râlé, il est hors de question que je reste une minute de plus avec elle ! J'ai besoin de dormir pour reprendre des forces.

Pour le coup, l'espace commençait à manquer dans notre tente.

Damien a de nouveau bondi.

– On est beaucoup trop serrés pour bien dormir, il a constaté.

Un long soupir, un moment de réflexion, puis :

– Tans pis, je me sacrifie pour la cause commune.

Il a ouvert la tente.

– Je vais dormir avec Faustine.

Il a embarqué son sac avec lui.

– Pas la peine de me remercier, il a lâché juste avant de refermer la tente, je sais que vous en auriez fait autant pour moi.

Tandis qu'il s'éloignait vers l'autre tente, Ève a soupiré :

– Ah l'amour… Ça rendait aveugle, voilà maintenant que ça rend sourd !

J'ai fermé les yeux avec un sourire incrusté sur la figure. Je pensais à ce pauvre Damien qui risquait de passer une nuit blanche quand Ève a commencé à me raconter d'une voix bizarre un truc qui semblait concerner Malayalam, son hamster.

Je me suis tourné vers elle et ce que j'ai vu était encore plus effrayant que le plus terrifiant des films d'horreur. Ève avait les yeux fermés, elle dormait. Comme j'aurais dû m'en douter, elle parlait dans son sommeil.

Ma nuit ne serait pas non plus de tout repos.

Un raccourci

Le lendemain, à peine la tête hors de la tente, j'ai su que la journée qui nous attendait serait terrible. Huit heures du matin et le thermomètre frôlait déjà les trente degrés.

On a pris notre petit-déjeuner en silence. Ève aussi.

– Personne ne fait sa toilette ! a ordonné Patrick. Il faut y aller doucement avec nos réserves d'eau. D'après la carte, la prochaine source que nous croiserons se trouve à dix kilomètres.

Notre moral en a pris un coup.

On s'est mis en route avec la même configuration que la veille. Patrick en tête, suivi par Damien, Faustine marchait devant moi et l'horloge parlante derrière moi.

Ève lançait une remarque toutes les dix minutes environ.

– C'est pire qu'un sauna suédois !

– Même les commandos-marines ne subissent pas de telles épreuves !

Après deux ou trois kilomètres, Faustine a commencé à traîner la patte, puis elle s'est mise à boiter sérieusement.

Une heure plus loin, elle s'est assise sur un muret de pierres.

– Stop, je ne ferai pas un pas de plus ! J'ai trop mal !

Patrick a posé son sac à dos sur un talus.

– On fait une pause, il a dit en prenant sa gourde.

– Pause ou pas, s'est plainte Faustine, je m'arrête là !

Patrick lui a tendu la gourde et a tenté de la motiver. Peine perdue. Faustine avait de solides arguments à faire valoir.

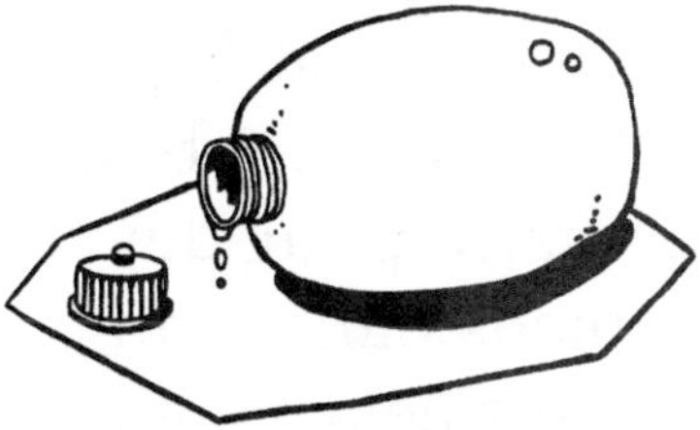

Elle a enlevé ses chaussures et ses chaussettes en gémissant et Patrick a compris qu'il était inutile d'insister.

Des plaies purulentes avaient remplacé les ampoules.

Damien s'est approché à son tour et Ève a fait barrage avant qu'il ne découvre la vision d'horreur.

– Si j'étais toi, j'irais plutôt jeter un œil du côté de ce joli champ de fleurs…

Mais Damien a insisté :

– Faustine a besoin de moi !

Le champ de fleurs pouvait attendre.

Patrick a réfléchi un moment, puis il a dit :

– OK, voilà ce que je propose. Damien, tu prends mon sac, Léo tu prends celui de Faustine, moi je vais la porter sur mon dos jusqu'à la source. Là-bas, nous ferons une longue halte pour déjeuner. Après un bain de pieds dans l'eau glacée et un bon repas, Faustine devrait être d'attaque pour repartir.

On a fait comme Patrick disait. On a continué d'avancer sous un soleil de plomb. Dans mon dos, Ève l'horloge parlante était devenue muette. Je percevais juste des essoufflements qui témoignaient de sa difficulté à suivre la cadence.

Au bout d'un moment, Patrick a aussi commencé à donner des signes de fatigue. Pas évident de transporter quarante kilos sur une longue distance même lorsqu'on mesure un mètre quatre-vingt-dix et des poussières.

Quand il a désigné un éboulis abrupt, j'ai compris que la situation n'allait pas s'arranger.

– On va couper par là, il a annoncé, ça nous fera gagner un kilomètre.

Ensuite, tout est allé très vite. Patrick a glissé sur une pierre et il a dévalé la pente à toute allure. Il a réussi l'exploit de garder Faustine sur son dos, mais une fois arrivé en bas il l'a posée au sol, il s'est pris la cheville à deux mains et a hurlé de douleur.

Là, j'ai eu la certitude que notre randonnée était en train de virer au cauchemar.

La mission

Ève avait beau s'appliquer et bander la cheville de Patrick avec le plus de douceur possible, il n'arrêtait pas de gémir. Sa cheville avait doublé de volume.

– Elle doit être foulée...

– Qu'est-ce qu'on va faire ? s'est inquiété Damien.

– Pour moi, a répondu Patrick, c'est vite vu. Interdiction de bouger !

Il a sorti un portable de sa poche.

– Cette idée de randonnée malgré la canicule était complètement stupide de ma part.

Il a connecté le téléphone.

– Je vais appeler la responsable de la colonie et lui demander d'envoyer quelqu'un nous récupérer.

Soudain, son visage s'est figé.

– Non ! C'est pas vrai !

– Pas de réseau, c'est ça ? a demandé Damien.

Nous connaissions déjà la réponse.

C'est le moment qu'a choisi Faustine pour piquer une crise de nerfs. Elle s'est mise à hurler :

– On va tous mourir ici ! On va se faire dévorer par des bêtes sauvages !

Et elle a éclaté en sanglots.

On se serait cru dans un mauvais film d'horreur. J'ai jeté un coup d'œil discret du côté de la forêt, des fois qu'un cinglé en surgisse avec une tronçonneuse à la main.

Tout était tranquille.

Le pauvre Damien avait l'air complètement atterré, mais son amour était sincère.

Malgré ses ronflements, sa crise de nerfs et ses pieds en ruine, Faustine restait toujours l'élue de son cœur.

– Mais non, il l'a rassurée, personne ne va mourir. Il suffit juste d'attendre à l'ombre, quelqu'un finira bien par passer.

– Et qui ? a sangloté Faustine. On n'a croisé personne depuis qu'on est partis.

Elle avait raison. Nous étions sans doute les seuls inconscients à marcher dans la fournaise.

Patrick a réfléchi longuement, puis il a dit :

– Il reste une dernière solution…

Il a déplié la carte et son doigt a longé une ligne sombre.

– En suivant cette crête sur six kilomètres environ, puis en coupant à travers bois on arrive à Génolhac. De là, vous pourrez appeler la colonie.

– Quand tu dis « vous », tu penses à qui ? s'est inquiété Damien.

– Il faut que deux d'entre vous aillent chercher les secours, a précisé Patrick. Moi, je ne peux pas marcher.

Comme je m'y attendais, leurs regards se sont tournés vers Ève et moi.

– Hors de question ! s'est exclamée Ève.

Patrick a concentré son attention sur moi.

– Et toi Léo, qu'en penses-tu ?

Il fallait plus qu'une forêt sombre pour m'effrayer.

J'ai sorti mon carnet. Je savais qu'Ève allait me maudire, mais je n'avais pas le choix.

J'ai griffonné : « Je crois qu'on peut y arriver. »

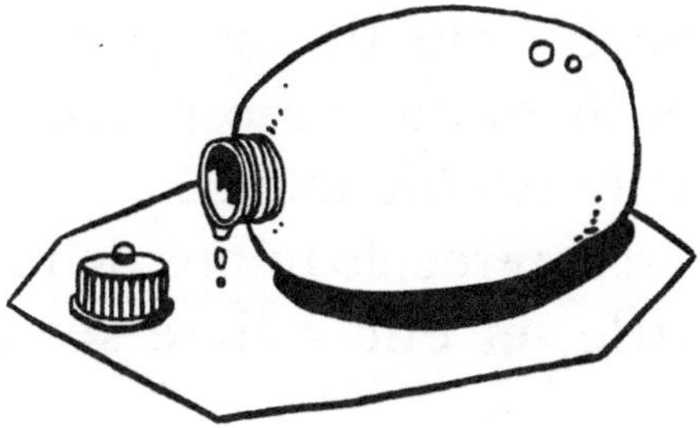

Question sans réponse

– T'es vraiment un grand malade !

Ève marchait à mes côtés, ou plutôt Ève parlait en marchant à mes côtés.

– J'ai fait le calcul, elle disait, un piéton adulte normalement constitué avance à une moyenne de six kilomètres à l'heure. Vu notre âge, on est proches des quatre kilomètres à l'heure. De plus, nous évoluons sur un terrain instable qui grimpe comme c'est pas permis et la température doit frôler les quarante degrés. J'estime donc qu'il nous faudra trois heures minimum avant d'atteindre l'endroit que nous a indiqué Patrick.

On va devoir ensuite couper à travers une forêt inconnue en espérant tomber directement sur Génolhac...

Elle s'est arrêtée, le temps de reprendre son souffle, et elle a livré ses conclusions :

– En tenant compte de tous ces paramètres, et en admettant que l'on ne se perde pas en route et que nos gourdes à moitié vides nous permettent de tenir le coup jusque-là, nous risquons de nous trouver au cœur de la forêt lorsque la nuit va tomber !

Courte pause à nouveau, puis :

– Autrement dit, c'est n'importe quoi !

On a continué d'avancer sur le même rythme, deux kilomètres à l'heure selon Ève, un peu plus vite d'après moi, et on a atteint le chemin qui descendait dans la vallée en milieu d'après-midi.

Ève dégoulinait de sueur. Elle s'est assise sur un rocher et a annoncé :

– OK, on s'arrête cinq minutes avant d'entamer la descente à travers la forêt.

Elle s'est épongé le front avec son tee-shirt trempé et a lapé les dernières gouttes d'eau qui traînaient au fond de sa gourde.

– Bon sang, je donnerais ma collection de bandes dessinées contre une gorgée d'eau fraîche.

Je lui ai tendu ma gourde mais Ève a hésité.

J'ai écrit sur le carnet : « Tu peux garder tes BD ! »

– Merci. Tu es mon héros !

Cinq minutes plus tard, on entrait dans le bois.

Tandis que nous zigzaguions à travers les arbres, Ève a demandé :

– Je peux te poser une question ?

J'ai opiné.

– Pourquoi tu as accepté cette mission suicide ? On aurait pu se contenter d'attendre tranquillement avec eux qu'un randonneur passe par là.

Comment voulait-elle que je réponde à ça ? Dans la vie, on ne fait pas toujours les choses en prenant le temps de réfléchir. Même si on le devrait.

Grand-mère Julia le répétait sans cesse à mes deux tantes et à ma mère.

J'ai continué d'avancer en silence. Ce qui n'a pas plu à Ève.

– Et puis pourquoi tu parles pas d'abord ? elle s'est énervée. T'as perdu un pari ou un truc dans le genre ?

J'ai pensé que l'humeur des filles pouvait changer aussi vite que le sens d'une girouette prise dans une tempête. Dire que dix minutes plus tôt j'étais son héros.

J'ai pensé également que cela faisait deux questions. Une de trop.

Cette fois-ci, ça valait vraiment le coup que je prenne le temps de m'arrêter pour écrire la réponse.

– « C'est tout sauf un truc ! » a déchiffré Ève. Mais c'est quoi alors ? Pourquoi tu ne dis jamais rien si tu n'es pas muet ?

Je lui ai arraché le carnet des mains et je me suis mis à dévaler la pente à toute vitesse.

– Eh, attends-moi ! a crié Ève. Ne me laisse pas toute seule !

Je commençais à la distancer sérieusement.

– C'est promis, elle a hurlé, j'arrête avec mes questions stupides !

J'ai ralenti, le temps qu'elle me rejoigne.

– Mais tu n'arriveras pas à me faire taire ! elle a ajouté en reprenant son souffle.

J'ai esquissé un sourire.

Ça, je n'en doutais pas une seconde.

Ève à l'appareil

On est sortis du bois à la tombée du jour, mais on avait beau regarder en tous sens, toujours pas de village en vue.

– On va où maintenant ? a soupiré Ève qui semblait au bord de l'évanouissement.

Je n'en avais pas la moindre idée. Et moi aussi, j'étais anéanti par la fatigue.

J'ai montré une direction au hasard et je l'ai prise d'un pas assuré.

– J'espère que tu sais où tu vas, s'est inquiétée Ève en suivant mes traces, parce que dans moins de deux heures il fera nuit noire.

Cinq cents mètres plus bas environ, on a rejoint une route goudronnée qui sentait bon la civilisation. Il y avait même un panneau indicateur précisant que Génolhac se trouvait à un kilomètre de là.

Ève a paru aussi étonnée extérieurement que je l'étais intérieurement.

Elle s'est figée sous l'effet de la surprise, puis soudain elle a laissé éclater sa joie et a levé les bras à la manière d'un boxeur qui vient d'expédier son adversaire au tapis.

– On a réussi ! On est sauvés ! On est les meilleurs !

Je n'en étais pas encore certain.

Tandis qu'Ève hurlait sa joie, j'ai sorti le portable que m'avait confié Patrick et je l'ai allumé.

Les quatre barres de connexion qui s'affichaient sur l'écran m'ont définitivement rassuré.

J'ai attendu qu'Ève se calme et je lui ai tendu l'appareil. Elle l'a pris en souriant.

– Je suppose que c'est à moi de jouer maintenant...

Elle supposait bien.

Elle a composé le numéro de la colonie qui était en mémoire dans le téléphone portable.

On a retenu notre respiration durant une dizaine de secondes, quelqu'un a décroché et une voix féminine a dit :

– Oui...

– Je suis à la colonie *Des petits pas dans les grands* ? a demandé Ève.

– Parfaitement, a répondu la voix.

– J'aimerais parler à la responsable s'il vous plaît.

– C'est elle-même. Qui est à l'appareil ?

Ève a mis sa main gauche sur le portable et a murmuré :

– De la nécessaire utilité de rester poli en toutes circonstances !

Elle a retiré le barrage manuel et a mis le haut-parleur avant de répondre :

– C'est Ève ! Ève et Léo !

Il y a eu un blanc, le temps pour les neurones surchauffés de la responsable de se reconnecter.

– Ève et Léo, d'accord… Patrick est bien avec vous ?

Au ton de sa voix, j'ai su qu'elle avait compris que quelque chose clochait.

– Non, il n'est pas là ! a simplement répondu Ève.

– Comment ça, il n'est pas là ! a balbutié la responsable. Il est où alors ?

– Au fond d'un ravin. Il s'est foulé la cheville...

Il y a eu un autre blanc.

Plus long que le premier.

J'ai pensé que si Ève continuait à lui présenter les choses de cette manière, le blanc risquait de s'éterniser. Mais tant qu'on percevait la respiration de la directrice, c'était la preuve qu'elle était toujours en vie.

– Ève, peux-tu arriver jusqu'à lui ? a-t-elle interrogé d'une voix chevrotante. J'aimerais lui parler...

– Pas vraiment, a dit Ève.

Encore un blanc. On frôlait la perte de connaissance.

La directrice a fait une dernière tentative.

– Pourrais-tu m'expliquer exactement la situation dans laquelle vous vous trouvez ?

Ève ne s'est pas fait prier, elle a commencé à expliquer. Elle adore ça, parler à une oreille attentive.

Sauvés !

La responsable est venue nous récupérer avec l'estafette du centre. C'est Étienne le cuistot qui conduisait.

– Oh mes pauvres petits ! elle s'est exclamée en nous voyant.

Elle nous a pris dans ses bras et nous a embrassés à la manière d'une mère qui retrouve ses enfants après une prise d'otages, puis elle nous a recouvert les épaules avec une couverture rêche.

Ève lui a fait remarquer qu'on avait eu assez chaud comme ça durant notre périple et que la couverture était peut-être de trop.

– Par contre, si vous aviez quelque chose à boire…

– Oh mais bien sûr, où ai-je donc la tête ? s'est excusée la responsable. On a emporté une glacière avec nous.

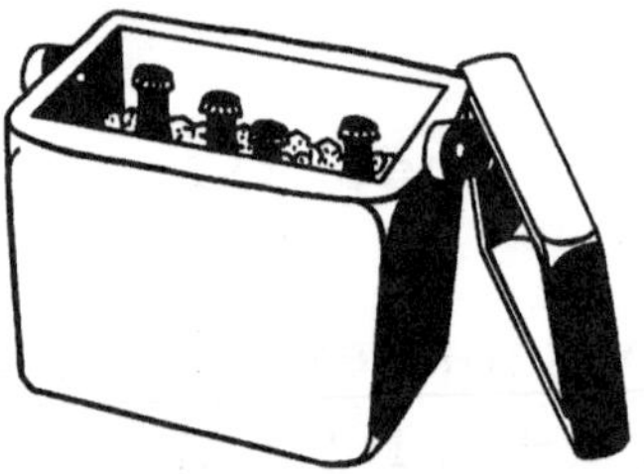

Elle a fait un signe à Étienne et ce dernier a apporté deux grandes bouteilles de limonade extra-fraîche. On s'est jetés dessus comme des taureaux sur un chiffon rouge. La rage en moins.

– Buvez doucement ! il nous a conseillé.

La minute qui a suivi a été l'un des moments les plus délicieux de ma vie et je pense que ça devait être exactement pareil pour Ève, vu le sourire qui s'épanouissait sur son visage.

Une fois sa bouteille vidée, Ève a demandé :

– Et les autres ?

– Ne vous inquiétez pas pour eux, a répondu la directrice en nous entraînant vers l'estafette. On a prévenu les pompiers.

Tandis qu'on s'installait à l'arrière, Ève s'est penchée vers moi et m'a soufflé à l'oreille :

– De la nécessaire utilité d'appeler les bonnes personnes au bon moment !

Mais je ne l'écoutais qu'à moitié, l'autre moitié de mon attention était focalisée sur la troisième et dernière bouteille de limonade qui reposait au fond de la glacière.

Ève a vite saisi que j'évoluais dans une autre dimension que la sienne et elle a suivi mon regard.

– On partage ? elle m'a proposé, les yeux brillants.

Une fois arrivés à la colonie, Étienne nous a conduits directement au réfectoire.

– Vous devez mourir de faim ! il a dit en ouvrant la porte de la réserve. Vous préférez quoi, crêpes au Nutella ou gaufres à la crème de marron ?

Grimace pour moi et index posé au milieu de la bouche pour Ève.

Étienne a rectifié :

– Les deux ?

Avions-nous vraiment le choix ?

On a opiné d'un même mouvement de tête en hurlant de joie.

Un quart d'heure plus tard, on a vu débarquer Faustine et Damien, accompagnés par la directrice.

– Tout est bien qui finit bien ! elle a lancé sur un ton soulagé.

– Et Patrick ? s'est inquiétée Ève.

– Les pompiers l'ont emmené passer une radio afin de s'assurer qu'il n'avait rien de cassé. Il nous rejoindra plus tard.

Nos amis ont eu droit eux aussi à leur plateau dessert, puis la responsable du centre a pris la parole.

– Rassurez-vous, je ne vais pas faire un long discours, elle a précisé.

Ça, c'était plutôt une bonne idée parce que nous étions assez fatigués.

Elle a attendu que Damien essuie le Nutella autour de sa bouche et que Faustine finisse d'avaler son morceau de gaufre et elle a déclaré :

– Je tenais d'abord à vous signifier mon soulagement de vous savoir tous en bonne santé…

J'ai pensé à la cheville de Patrick qui devait avoir triplé de volume et j'ai rigolé intérieurement.

– Patrick m'a déjà tout raconté, a poursuivi la responsable, mais il est nécessaire que j'en sache un peu plus sur ce qui s'est passé lorsque vous vous êtes retrouvés seuls...

Son regard s'est posé sur Ève.

– C'est pourquoi je t'autorise exceptionnellement, pour la première et dernière fois, à nous raconter en détail votre périple à travers le mont Lozère.

Ève a hésité une seconde.

– C'est vrai, je peux?

La responsable a baissé les paupières.

– Vas-y! elle a dit en s'installant confortablement.

Ève était tout sourire. Son heure de gloire était enfin arrivée. Elle n'allait pas se priver.

J'ai pensé qu'on n'était pas près de dormir.

L'heure de gloire

Le lendemain matin, je n'en revenais toujours pas. Notre expédition revue et corrigée façon Ève était hallucinante. Tante Mona, qui va souvent dans les musées, aurait certainement utilisé le mot « surréaliste ».

Ève n'avait pas hésité à s'attribuer le beau rôle. Elle s'était montrée d'un courage exemplaire et d'une détermination à toute épreuve. Alors que moi, pauvre créature égarée, faible et tremblante, je m'étais contenté de la suivre.

Bien entendu, son sens inné de l'orientation avait évité que l'on se perde. Héroïne jusqu'au bout des ongles, elle avait dû à maintes reprises me convaincre de ne pas abandonner, allant jusqu'à m'offrir sa gourde d'eau lorsque la mienne était vide. Et c'est encore elle qui m'avait porté sur son dos durant les derniers mètres.

À côté d'Ève, le plus terrifiant des arracheurs de dents passait pour un amateur dans l'art de l'affabulation.

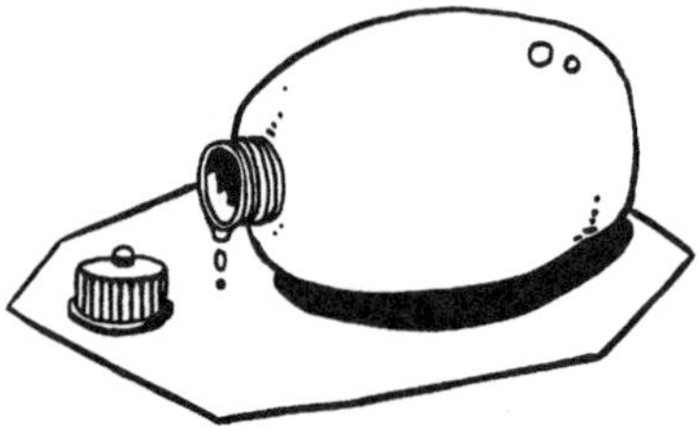

Faustine n'avait pas tardé à s'assoupir sur l'épaule de Damien, tandis que Patrick revenu de l'hôpital s'endormait sur celle de Cathy qui nous avait rejoints après avoir animé la veillée.

De son côté, Étienne bâillait à s'en décrocher la mâchoire, mais rien ne semblait pouvoir arrêter Ève dans sa volonté de réécrire l'histoire.

Régulièrement, cependant, elle jetait un coup d'œil interrogateur dans ma direction et semblait me demander : « Alors tu ne dis rien ? Tu vas te laisser déposséder sans protester ? »

J'avais tenu bon. Mon amie avait besoin de reconnaissance et ce qu'elle m'imposait n'était rien comparé à ce que j'avais vécu.

La responsable du centre avait craqué la première.

– Bon, je crois qu'on en a assez entendu pour ce soir ! elle avait dit en quittant précipitamment son siège.

Elle nous avait poussés vers la sortie.

– Encore bravo pour tes exploits, mais tout le monde est très fatigué et a besoin de reprendre des forces !

– Mais je n'ai pas terminé, avait protesté Ève.

Trop tard.

La porte s'était refermée et on avait entendu distinctement le bruit du verrou qui coulisse.

J'ai retrouvé Ève à midi dans la grande salle du réfectoire.

– T'étais où ? elle m'a demandé sans même un bonjour.

J'ai griffonné trois mots sur le carnet : « J'ai dormi. »

Elle a esquissé une moue qui signifiait plein de choses à la fois.

– J'espère que tu ne m'en veux pas trop pour hier ?

J'ai fait non avec la tête.

À ce moment, Patrick a crié à travers la salle :

– C'est l'heure du courrier !

On a tous filé vers le facteur qui avançait en s'aidant d'une béquille, sauf Ève qui n'a pas daigné bouger de sa chaise.

Quand je suis revenu près d'elle, je tenais une lettre entre mes mains.

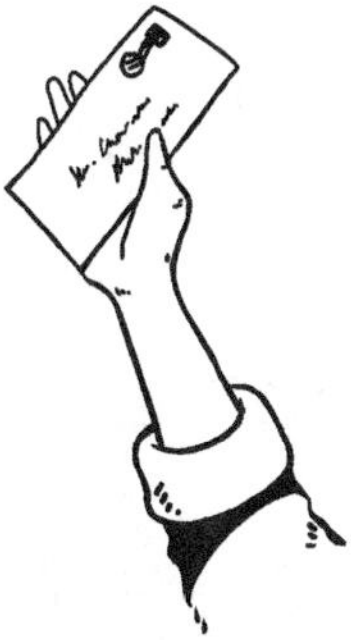

– Tu as de la chance, elle a marmonné, moi mes parents ne m'écrivent jamais. Ils pourraient me donner au moins des nouvelles de Malayalam et d'Hannibal…

Malayalam, je connaissais. C'était son hamster. Mais Hannibal, qui était-ce ?

« Hannibal ? » j'ai écrit dans le carnet.

Elle a haussé les épaules.

– Hannibal, c'est mon chien végétarien.

Un chien végétarien ? Comment pouvais-je encore la croire après son grand numéro de la veille ? Ève a semblé lire dans mes pensées.

– Tu ne me crois pas, hein ? elle a dit en sortant une photo de sa poche.

Elle me l'a tendue.

– Et ça, c'est quoi d'après toi ?

Sur la photo, un berger allemand posait devant une gamelle remplie de feuilles de salade.

– Il adore la chicorée ! a précisé Ève avant de quitter la table, les yeux humides.

Le soir, juste avant la veillée, j'ai tendu mon carnet à Patrick avec une pièce de deux euros.

J'avais noté : « Pourrais-tu m'acheter une carte postale ? »

– C'est pour envoyer à ta famille ? a demandé Patrick.

J'ai repris le carnet. J'ai utilisé une nouvelle page.

« Non, c'est pour Ève. »

Patrick m'a rendu la pièce.

– Garde ton argent, il a dit. On va faire mieux que ça, ta carte postale on va la fabriquer nous-mêmes !

Une carte géante

Le lendemain, lorsque Patrick est arrivé pour distribuer le courrier, une immense enveloppe dépassait de sa boîte aux lettres portative.

On traînait du côté du terrain de volley-ball, Ève était en train de me commenter les fautes intentionnelles commises par Damien pour laisser gagner l'équipe de Faustine mais quand Patrick lui a remis l'enveloppe, elle est devenue muette.

– Ben quoi, a dit l'animateur en me lançant un clin d'œil, tu ne l'ouvres pas?

La mâchoire d'Ève s'est débloquée doucement.

– Mais... personne ne m'a jamais écrit...

Patrick lui a donné une petite tape amicale sur l'épaule.

– Faut croire qu'il y a un début à tout.

On avait travaillé une grande partie de la nuit. Opération top secrète, niveau supra-confidentiel.

Patrick avait photographié tous les membres du groupe des dix-douze ans, avait imprimé les photos et je m'étais chargé de les découper et de les assembler en une immense mosaïque.

Ce matin, tout le monde avait signé au dos de la carte et j'avais écrit un petit mot pour parachever notre œuvre collective.

Tandis que Patrick repartait en boitillant achever sa distribution, Ève a commencé à décacheter l'enveloppe. Quand elle a aperçu les signatures, elle s'est redressée d'un bond et a couru se réfugier dans les toilettes des filles.

– Normal, a commenté Bouboule, un expert en psychologie féminine, elle ne veut pas qu'on la voie pleurer !

Bouboule avait sans doute raison, pourtant moi ça ne me gêne pas que les gens pleurent, je trouve ça plutôt réconfortant. Grand-mère Julia me répète toujours qu'il faut laisser sortir le chagrin. Ou le trop-plein d'émotion.

– Si on garde toute cette eau en nous, elle dit, on finit par rouiller de l'intérieur !

J'ai filé rejoindre mon amie.

La porte était fermée, mais je pouvais percevoir ses pleurs étouffés.

J'ai frappé discrètement.

– C'est qui ? a demandé Ève entre deux sanglots.

Silence.

– C'est toi Léo ?

Re-silence.

– Si c'est toi, frappe trois fois.

J'ai fait comme elle disait et la porte s'est ouverte. Ève était assise sur le sol, appuyée contre le mur. À ses pieds, il y avait notre carte postale. Ses larmes tombaient les unes après les autres sur les photos des copains, produisant un concerto aussi original qu'inattendu.

Je me suis assis face à elle, j'ai sorti un paquet de mouchoirs en papier de ma poche et je le lui ai tendu.

– C'est ton idée ? elle m'a demandé en reniflant.

Mon sourire forcé semblait vouloir dire « oui ». Je n'avais pas envie d'entrer dans les détails.

Ève s'est emparée du paquet d'un geste fatigué.

– T'es vraiment incroyable ! elle a lâché après s'être mouchée une quinzaine de fois et avoir séché ses yeux avec le même mouchoir.

Elle l'a jeté dans les toilettes et en a sorti un autre.

– Je raconte n'importe quoi, je te fais passer pour le dernier des trouillards, Léo, et tu ne m'en veux même pas. Tu ne cherches pas à te venger, au contraire…

Ève a eu une légère hésitation, puis elle m'a tendu les bras.

– Viens contre moi !

J'ai fait comme elle disait et ses bras se sont refermés dans mon dos.

Pas besoin de communiquer. Il suffisait de respirer.

Au loin, les cris des joueurs nous renseignaient sur l'évolution du score et une pensée furtive a traversé mon esprit.

Vivant.

Je commençais à me sentir vivant à nouveau.

Ce n'était pas grand-chose pour l'instant. Ma grand-mère aurait dit qu'Ève venait juste « de planter une petite graine ».

Mais je savais aussi que parfois la plus minuscule des graines donnait vie à d'incroyables arbres. Du genre indéracinables.

Les quatre femmes de ma vie me l'avaient appris.

On a attendu l'heure du repas un bon quart d'heure, enlacés sur le sol des toilettes.

Sans rien dire.

Il nous restait à peine trois jours de colonie.

Notre fin d'été a filé en pente douce.

Le dernier bonbon

À peine installée à l'arrière du car, Ève a plongé la main dans son sac et en a retiré un énorme paquet de bonbons multicolores.

– Provisions pour le voyage ! elle a dit en souriant.

Je lui ai adressé le regard du gars qui ne comprend rien au tour de magie qu'on vient d'accomplir devant lui.

– J'en garde toujours un caché dans le double fond de ma valise pour le retour, a-t-elle expliqué.

À l'extérieur, la responsable du centre courait de vitre en vitre pour nous dire un dernier au revoir. Malgré tous ses efforts pour rester digne, de grosses larmes coulaient derrière ses lunettes vertes.

– De la nécessaire utilité de côtoyer une habituée des colonies de vacances, a ajouté Ève en désignant le paquet.

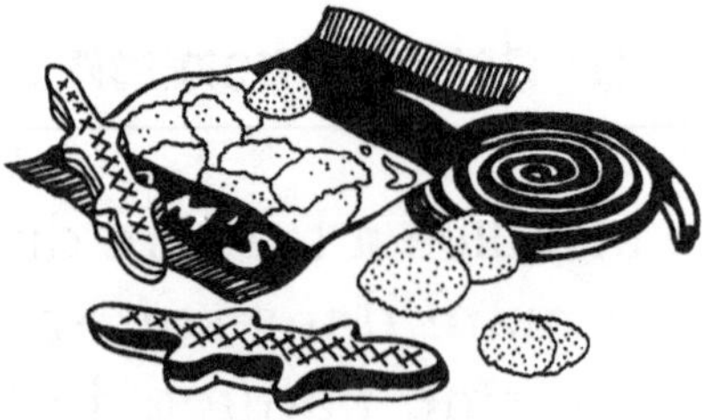

Patrick est monté au dernier moment, il a demandé si tout le monde était là et un gigantesque « OUI » a fait trembler le car.

Il s'est adressé au chauffeur.

– C'est bon, on peut y aller.

Le chauffeur a enclenché la première et le car a commencé à prendre de la vitesse.

Je me suis retourné juste à temps pour voir Étienne sortir de la cuisine en remuant un torchon.

La responsable du centre, elle, agitait son chapeau de paille à tour de bras, un peu comme si sa vie en dépendait. Ça devait être bizarre de se retrouver seule après toute cette agitation.

J'ai réalisé qu'après trois semaines passées auprès d'elle je ne connaissais toujours pas son prénom.

Ensuite Ève s'est mise à parler et cela n'a plus été possible de penser. Je me suis contenté de l'écouter me raconter sa vie en engloutissant les bonbons les uns à la suite des autres.

À un moment, mes paupières se sont mises à peser très lourd, j'ai jeté un œil sur ma montre, il était 15 h 17, Ève me détaillait ses difficultés à trouver des steaks de légumes pour son chien végétarien et puis ensuite plus rien.

Le trou noir.

Lorsque le son et l'image sont revenus, il était 16h03. Ève me décrivait en détail les pyjamas grotesques qu'avaient arborés les filles tout au long du séjour. J'en ai conclu que j'avais dû m'assoupir et qu'Ève ne se laissait démonter par rien.

Elle avait le pouvoir de parler aux murs. Maintenant, j'en avais la certitude.

Soudain, elle a fait une pause et m'a observé du coin de l'œil.

– Je peux te poser une question ? elle m'a demandé.

J'ai opiné en évitant de refermer les yeux.

Après quelques secondes d'hésitation, elle s'est décidée.

– Sur les trois lettres que tu as reçues durant le séjour…

J'ai pris le dernier bonbon qui traînait au fond du paquet.

– Il y avait toujours la signature de ta mère, de ta grand-mère et de tes deux tantes…

J'ai enlevé le papier et englouti le bonbon.

– Jamais celle de ton père…

J'ai commencé à comprendre où elle voulait en venir. Je me suis dépêché d'avaler le bonbon.

– Pourquoi ? a demandé Ève.

On y était.

Au creux de mon ventre, j'ai senti une drôle de sensation. Quelque chose, qui rampait à l'intérieur de moi depuis trop longtemps, venait enfin de trouver l'issue de secours.

La lumière était revenue.

J'ai bafouillé :

– Parce que… mon père… a failli me tuer…

Les mots

Le bus avançait.
Ève écoutait.
Je racontais.
Ou du moins j'essayais.

– Ça s'est passé un samedi après-midi… Ma mère travaillait ce jour-là… Elle est infirmière dans un hôpital…

J'avais du mal à reconnaître ma voix. Une voix rauque, comme oxydée de ne pas avoir été utilisée depuis si longtemps.

– Mon père s'était endormi devant la télévision et je jouais au premier étage dans ma chambre... Je me rappelle qu'il pleuvait... De temps en temps, je levais la tête pour observer les gouttes qui coulaient le long des vitres... Je me sentais bien, à l'abri... Au chaud... Tout était calme...

J'ai regardé à travers la fenêtre du car le paysage passer à toute allure. Comme lui, des images anciennes défilaient devant mes yeux grands ouverts.

– Il était presque quatre heures... J'avais faim... J'ai décidé de me préparer un goûter avec des tartines de beurre et un chocolat chaud... C'est à ce moment que j'ai entendu un long cri et puis tout de suite après un bruit énorme...

Une pause. La gorge me piquait.

Ève m'a encouragé du regard et j'ai repris lentement :

– Je suis descendu et j'ai vu mon père qui se tenait debout au milieu du salon, l'air perdu… La télé était par terre, de la fumée s'échappait de l'écran brisé… Je lui ai demandé ce qui s'était passé, il ne m'a pas répondu…

Ève ne disait rien.

J'ai continué mon récit.

– Il s'est dirigé droit vers la cuisine et a commencé à tout casser… Je me suis accroché à lui en le suppliant d'arrêter, mais il m'a repoussé et j'ai valdingué contre la porte, la tête la première…

J'ai marqué une nouvelle pause. Les souvenirs qui remontaient à la surface étaient douloureux. Peut-être encore plus que la douleur elle-même.

– J'ai tenté de me relever, j'avais la tête qui tournait... Mon père s'est penché sur moi et m'a fixé avec un regard étrange... Ses yeux étaient injectés de sang... Je m'en souviendrai toute ma vie...

Le bus attaquait une série de virages.

Ève avait les yeux remplis de larmes.

J'ai poursuivi.

– Il s'est mis à hurler très fort, à quelques centimètres de mon visage... des mots que je ne comprenais pas...

Mes larmes menaçaient également de couler. Je n'ai pas cherché à les retenir.

– J'ai essayé de lui parler, sauf que j'avais du mal à reprendre mon souffle…

Les moindres détails me revenaient. Avec la même incompréhension.

J'ai pris une grande inspiration.

– J'ai de nouveau essayé de me relever, mais mon père m'a forcé à rester au sol en appuyant sur mes épaules… Je ne pouvais rien faire…

Je me suis tu.

J'étais épuisé. Je pleurais.

Ève a pris ma main.

– Que s'est-il passé ensuite ?

C'est pour Ève que j'ai fait l'effort, uniquement pour elle. Pour tout ce qu'elle m'avait apporté.

– Mes tantes ont débarqué… Elles passaient dire bonjour à ma mère, elles avaient oublié que c'était son jour de garde à l'hôpital…

Je les revois encore. Elles n'avaient pas hésité une seconde à intervenir.

– Elles se sont jetées sur papa et ont réussi à lui faire lâcher prise. Je suis resté assis par terre un long moment. J'avais fermé les yeux et je m'étais bouché les oreilles. Malgré tout, j'entendais leurs cris…

Les sons aussi. Je m'en souvenais. Le bruit des chaussures qui raclaient le sol, celui des meubles qu'ils heurtaient…

– Et puis soudain, le calme est revenu… j'ai ouvert les yeux… Tante Lisa reprenait son souffle… Tante Mona, son portable à la main, parlait à quelqu'un… Mes oreilles sifflaient…

Je me souvenais du sifflement aigu.

Ève a serré ma main.

– Mon père se tenait prostré dans un coin de la pièce… Replié sur lui-même, il pleurait… Il n'a plus bougé jusqu'à l'arrivée des secours… et de la police…

Voilà.

Je l'avais dit.

Je m'étais vidé du poison qui pourrissait ma vie depuis six mois déjà.

– Pourquoi ton père a fait un truc pareil? m'a demandé Ève.

Un dernier effort.

J'arrivais au bout du chemin.

– On ne sait pas vraiment, c'est une maladie, j'ai répondu. Il n'a plus reparlé depuis ce jour-là.

– Il vit où maintenant?

– Dans un hôpital psychiatrique… Ma mère dit que c'est provisoire…

Patrick remontait l'allée du car. Quand il m'a vu en train de discuter avec Ève, il s'est penché vers nous.

– Tiens, tiens, je crois que notre copain a retrouvé la parole.

– Oui, c'est revenu d'un coup! s'est exclamée Ève.

Patrick m'a adressé son plus beau sourire.

– Eh bien mon gars, il a dit, je pense que tu vas pouvoir me rendre mon carnet.

– Pas de problème…

Je l'ai sorti du sac, sans oublier le stylo qui allait avec.

Patrick me les a pris des mains, il a noté quelque chose à l'intérieur du carnet et me l'a rendu.

– Garde-le en souvenir. Je t'ai mis mon adresse et mon numéro de téléphone, on ne sait jamais, des fois que tu veuilles parler à quelqu'un.

Puis il est reparti vers l'avant du car en déclarant :

– Le stylo par contre, je le récupère !

Ma tribu

Le car s'est arrêté au beau milieu de la place et les parents qui patientaient depuis un moment se sont rués dessus comme une meute de hyènes sur une carcasse de zèbre, l'amour en plus.

On a eu droit aux adieux déchirants de Faustine et Damien, aux bisous baveux de Bouboule et, lorsque la meute est repartie, il ne restait plus qu'Ève et moi.

Patrick nous a regardés du haut de son mètre quatre-vingt-dix et des poussières. Il a pris appui sur sa béquille.

– Eh bien, que se passe-t-il pour vous deux ?
– C'est toujours la même histoire, a expliqué Ève, mes parents oublient la date du retour. Il va falloir les appeler.

Patrick a sorti son portable.
– J'appelle ta famille aussi ? il m'a demandé.
– Non merci, j'ai répondu, c'est une tradition chez nous d'être en retard. Elles ne devraient pas tarder.
Effectivement, tandis que Patrick téléphonait aux parents d'Ève, j'ai vu la voiture de grand-mère Julia arriver sur la place. À l'intérieur se trouvaient les quatre femmes de ma vie.

Ma mère est descendue la première et a foncé vers moi.

– Léo, elle a dit en me serrant contre elle, si tu savais comme tu m'as manqué !

J'ai fait durer le plaisir quelques secondes avant de lui avouer :

– Toi aussi tu m'as manqué maman !

Soudain, autour de moi la vie s'est figée. Un peu comme lorsqu'on joue à Un, deux, trois, soleil ! Ma mère, ma grand-mère et mes deux tantes s'étaient transformées en statues de cire.

Puis rapidement la cire a fondu et un énorme cri en quadriphonie est monté dans la fraîcheur du soir.

– Çayestilparleànouveauc'estunmiracle-enfin !

– Comment est-ce arrivé ? a demandé maman.

J'ai désigné Ève.

– C'est grâce à elle !

Il ne me restait plus qu'à faire les présentations.

– Ève, voici ma mère…

Maman lui a claqué une série de bises enthousiastes sur les joues.

– Je ne sais pas comment vous vous y êtes prise, jeune fille, mais merci de tout cœur !

– Ma grand-mère Julia…

Grand-mère lui a caressé le visage.

– Merci, mon enfant. Merci de lui avoir redonné l'envie de parler.

– Voici mes tantes tout droit sorties d'un tableau du Louvre. Tante Mona et tante Lisa !

Tante Lisa m'a lancé un faux regard noir.

– Finalement, je crois que je te préfère muet, elle a dit en clignant de l'œil.

– J'en avais presque oublié ton humour irrésistible, a ajouté tante Mona avant de remercier Ève à son tour.

Ève, muette, restait aussi immobile qu'une statue de marbre. Mais je savais qu'à l'intérieur d'elle-même elle se remplissait de fierté pour le reste de l'année.

Patrick a apporté ma valise et l'a déposée à mes pieds.

– Bonjour mesdames, vous vous souvenez de moi ?

– Bien entendu ! a répondu maman.

– Comment pourrions-nous oublier un si beau jeune homme ? a plaisanté tante Lisa.

Cathy, qui récupérait ses affaires dans la soute du car, s'est tournée vers ma tante et ses yeux lui ont lancé des éclairs.

Grand-mère Julia a désigné la béquille.

– Que vous est-il arrivé ? lui a-t-elle demandé.

Patrick a esquissé un sourire.

– Oh, c'est une longue histoire...

Il a passé sa main dans mes cheveux.

– Je laisse le soin à votre petit-fils de vous la raconter. Sachez juste qu'il s'est comporté en héros et que je lui dois beaucoup.

Il s'est tourné vers mon amie.

– N'est-ce pas, Ève ?

Ève a dégluti.

Elle s'est contentée de murmurer un oui timide.

– Patrick aussi m'a beaucoup aidé, j'ai expliqué à mon tour, lui et son carnet magique.

Maman m'a serré contre elle.

– Eh bien dis-moi, tu en as des choses à nous raconter...

À ce moment-là, une voiture pétaradante a déboulé sur la place.

– Ne vous inquiétez pas, a crié Ève qui avait fini par retrouver toutes ses facultés orales, ce sont mes parents.

La voiture a stoppé dans un crissement de pneus atroce et le conducteur est sorti en laissant tourner le moteur.

– Mon père du moins, a précisé Ève.

Un type style savant fou s'est approché.

– Désolé pour le retard, il a fait en prenant les bagages de sa fille.

– Où est maman ? a demandé Ève.

– Chez le coiffeur. Allez viens vite, il faut la récupérer elle aussi !

Ève nous a lancé un regard triste et a suivi son père qui filait déjà vers la voiture.

– À l'année prochaine ! a dit Patrick.

J'ai regardé mon amie qui s'éloignait. Ses cheveux roux flottaient sur ses épaules.

– Ève !

Elle s'est retournée. Son père, lui, ne s'est même pas arrêté.

J'ai crié :

– Tu me donneras de tes nouvelles ?

La cinquième femme de ma vie m'a souri.

– Tu en auras certainement, elle a répondu en agitant sa main droite en guise d'au revoir. Je parle beaucoup mais je peux très bien écrire !

Et elle a rejoint son père dans la voiture.

Patrick s'est penché vers moi.

– J'espère te retrouver aussi l'été prochain, Léo.

– On n'est peut-être pas obligés d'attendre si longtemps pour se revoir, a gloussé tante Lisa.

Le coup de coude discret envoyé dans ses côtes par sa sœur jumelle lui a coupé le souffle et elle n'a rien pu ajouter.

– Si vous me le ramenez à chaque fois en aussi bonne santé qu'aujourd'hui, a dit ma mère, je suis prête à vous le confier jusqu'à sa majorité.

Elle a ramassé la valise.

– Encore merci pour tout.

Patrick n'a rien répondu. Il s'est contenté de nous regarder partir du haut de son mètre quatre-vingt-dix et des poussières.

Tandis que la voiture de grand-mère filait à travers la campagne, j'ai baissé la vitre. L'air était doux et frais à la fois. J'ai fermé les yeux, penché la tête et pris le vent dans ma bouche. Et j'ai crié le plus fort possible.

Et j'ai éclaté de rire.

Parce que c'était bon, bon de se sentir à nouveau vivant.

TABLE DES MATIÈRES

L'AUTEUR

Jean-Luc Luciani est né en 1960. Il vit à Marseille et partage son temps entre sa famille, l'écriture de romans et la direction d'une collection de littérature jeunesse.
Pour en savoir plus, vous pouvez retrouver Jean-Luc Luciani sur son site : http://aujourlejour.free.fr.

L'ILLUSTRATEUR

Antoine Guilloppé est né à Chambéry en 1971. Il vit en région parisienne, il aime réaliser des albums illustrés et entrer dans des univers de fiction variés.

DU MÊME AUTEUR, DANS LA MÊME COLLECTION

Le jour où j'ai raté le bus

Benjamin s'est trompé de bus et se retrouve perdu en plein centre-ville de Marseille. Difficile quand on est handicapé ! Mais c'est aussi l'occasion de faire des rencontres étonnantes…

La ville qui rend foot

Adrien le Parisien emménage à Marseille avec ses parents. Il découvre la sieste, les cigales et surtout le football. Mais pour s'intégrer dans l'équipe de l'école, Adrien va devoir faire ses preuves.

Retrouvez la collection

RAGEOT Romans

sur le site www.rageot.fr

Achevé d'imprimer en France en juin 2018
sur les presses de l'imprimerie Jouve, Mayenne
Dépôt légal : mai 2018
N° d'édition : 5764 - 02
N° d'impression : 2745324H